Joseph-Sabin Raymond

Discours sur la tolérance

Prononcé devant l'Union catholique de Montréal, le 15 mars 1869

Joseph-Sabin Raymond

Discours sur la tolérance

Prononcé devant l'Union catholique de Montréal, le 15 mars 1869

Réimpression inchangée de l'édition originale de 1869.

1ère édition 2024 | ISBN: 978-3-38666-077-8

Antigonos Verlag est une marque de Outlook Verlagsgesellschaft mbH.

Verlag (Éditeur): Outlook Verlag GmbH, Zeilweg 44, 60439 Frankfurt, Deutschland
Vertretungsberechtigt (Représentant autorisé): E. Roepke, Zeilweg 44, 60439 Frankfurt, Deutschland
Druck (Imprimerie): Libri Plureos GmbH, Friedensallee 273, 22763 Hamburg, Deutschland

DISCOURS

SUR

LA TOLERANCE

PRONONCÉ DEV.

L'UNION CATHOLIQUE DE MONTREAL

LE 15 MARS 1869

Par le Révérend M. RAYMOND, G. V.

SUPÉRIEUR DU SÉMINAIRE DE ST. HYACINTHE.

———∞———

(SE VEND AU PROFIT DE LA BIBLIOTHEQUE DE L'UNION CATHOLIQUE.)

MONTRÉAL

TYPOGRAPHIE *LE NOUVEAU MONDE*

No. 23, RUE ST. VINCENT

1869

DISCOURS SUR LA TOLÉRANCE.

I.

J'éprouve en ce moment une glorieuse et vive satisfaction ; je suis honoré d'être appelé à faire entendre ma parole devant un auditoire aussi distingué, et je suis heureux de pouvoir concourir au noble but de « l'Union Catholique, » celui d'élever et d'agrandir l'intelligence sous l'impulsion de la foi, véritable lumière du monde.

Sans nul doute on attend de moi des paroles qui aient pour objet la cause religieuse, à laquelle ceux devant qui je parle sont si dévoués, et que le prêtre doit soutenir, non-seulement dans la chaire du temple, mais aussi dans toute tribune où il peut lui être donné de défendre les principes catholiques, dont le maintien contribue puissamment au bonheur de la société présente, en préparant celui de l'éternelle patrie.

Aujourd'hui la foi dont nous faisons profession subit des attaques de tout genre. Une guerre acharnée est déclarée à l'Eglise dans ses doctrines, dans ses institutions, dans son histoire. Lorsqu'on n'ose pas se poser en adversaire formel de son autorité, on cherche à ôter toute influence à ses ministres, en présentant leurs enseignements sous un point de vue odieux. Mais ces attaques portées contre ce qu'on appelle le sacerdotalisme, retombent directement sur l'Eglise dont le prêtre est l'organe, et sur le Christ qui en est le fondateur. Aussi dans la question dont j'ai à m'occuper devant vous, ce n'est pas le clergé, ni ceux qu'on désigne sous le nom de parti clérical, ou de « réaction, » qui sont réellement en cause : c'est la doctrine catholique elle même ; c'est la foi à laquelle vous avez le bonheur d'être attachés.

Le sujet dont j'ai à vous entretenir, est celui que les adversaires du catholicisme traitent le plus volontiers ; il est l'occasion des plus grandes injures adressées à l'Eglise, et c'est dans les écrits ou les discours qu'ils font sur cette matière, que ceux qui sont en proie à la haine anti-sacerdotale montrent les plus violents accès de cette passion.

La tolérance,—voilà le cri de guerre de tous les ennemis de l'Eglise. L'accusation de fanatisme, de persécution, d'entraves mises à l'intelligence, de perturbation violente de la société pour imposer des doctrines par la force ; voilà l'arme avec laquelle on attaque sans cesse l'enseignement catholique.

Je ne sais s'il est aucune matière à l'égard de laquelle on ait émis plus d'assertions fausses et absurdes que celle qui est exprimée par le mot de tolérance. Que de confusion d'idées, que de mauvaise foi, que d'injures à l'Eglise n'ont pas souillé la langue ou la plume de ceux qui ont employé ce mot ! Il est toujours utile de répondre à ces mensonges et à ces insultes. Voyez l'Eglise ; elle ne dit pas : Lais-

...ez passer ces fausses doctrines, ceux qui les prêchent sont méprisables ; elles ont été déjà refutées et coudam uées. Non, à chaque tête nouvelle de l'hydre impie qui s'élève pour proférer une erreur, elle tire son glaive et la frappe impitoyablement. Je crois donc être animé de son esprit en venant aujourd'hui défendre les saines doctrines relativement au sujet de la tolérance.

Dans le cours de cet entretien, j'aurai de temps à autre des distinctions à établir, pour empêcher la confusion des idées, qui résulte de termes mal définis. Dès maintenant je dois dire que je ne regarde pas du même œil tous les partisans de la tolérance. Les uns la prêchent, parce qu'ennemis déclarés de l'Eglise, ils s'en servent comme d'une arme pour détruire son empire en la rendant odieuse. C'est à ceux là, et à ceux là seulement que s'adressent les paroles sévères que quelques fois je croirai devoir employer. D'autres, qui n'ont pas fait une étude spéciale de la doctrine catholique sur cette matière, inclinent vers la tolérance, par ce que, trompés par une apparence spécieuse, ils la croient propre à maintenir la paix et ca charité. Quant à ceux-ci, je ne l'aurais avoir d'autre intention que de ses éclairer avec tous les égards dus à la bonne foi, qui peut avoir été séduite par l'erreur, mais qui ne refuse pas d'ouvrir les yeux à la lumière.

II.

Tolérance — que signifie ce mot ? Selon la définition qu'en donne Balmès, il exprime à proprement parler la patience avec laquelle on supporte une chose que l'on juge être mauvaise, mais que l'on croit convenable de souffrir. Ainsi on tolère certains genres de scandales, on tolère tels et tels abus, en sorte que l'idée de tolérance se trouve toujours accompagnée de l'idée du mal. Tolérer le bien, tolérer la vertu serait des expressions monstrueuses. Lorsque la tolérance s'exerce dans l'ordre des idées, elle suppose un mal de l'intelligence, l'erreur. Nul ne dira jamais qu'il tolère la vérité. La tolérance prise d'une manière absolue, n'est donc pas un bien, elle ne peut être bonne que dans un sens relatif. On ne saurait l'admettre comme une loi générale ; elle n'a sa raison d'être que comme exigée par des circonstances exceptionnelles.

Etablir la tolérance comme un ordre de choses normal pour la société, c'est proclamer le droit de l'erreur, c'est un hommage rendu au mal. La tolérance limitée peut sans doute être prêchée et défendue. Mais on sent que, précisément parce qu'elle a toujours un mal pour objet, quoiqu'il puisse en résulter un bien plus grand, elle demande à être soutenue avec précaution et mesure. Un zèle passionné à l'égard de la tolérance n'est pas en général une expression du désir de voir régner la vérité ; l'apostolat de la tolérance n'est ordinairement que le prosélytisme de l'erreur.

Etablissons maintenant une distinction tout-à-fait essentielle et propre à jeter un grand jour sur la question. Il y a la tolérance des idées et celle des personnes. On peut combattre avec énergie les paroles, les doctrines d'un adversaire, sans attenter en aucune façon à sa liberté, et blesser les droits qu'il peut avoir comme individu ou membre de la société. Une contradiction n'est pas une persécution ; dire à un homme : vous êtes dans l'erreur, ce n'est pas porter sur lui une main violente. Eh ! bien, c'est le plus souvent l'étrange et ridicule confusion de ces deux ordres de choses qui fait le fond de ces déclamations que l'on entend répéter contre l'intolérance de l'Eglise.

Toute conviction, en quelque genre de cause que ce soit, est essentiellement intolérante. Dès lors qu'on est persuadé de la vérité d'une idée, si elle a tant soit peu d'importance, on cherche à la faire prévaloir, à l'imposer aux autres : on fait, selon la mesure de ses forces, une guerre intellectuelle à quiconque soutient des prin cipes opposés ; car on est convaincu que laisser se répandre des doctrines contraires à celles que l'on croit être la vérité, serait une tolérance tout-à-fait préjudiciable aux idées que l'on soutient. Ne pas repousser avec énergie, quand les circonstances le permettent, une opinion erronnée, c'est un aveu de faiblesse ; ou si l'on croit que ceux qui entendent les arguments des adversaires, ne sauraient en être ébranlés et qu'ils auront toujours assez de raison pour distinguer le vrai du faux, alors on fait preuve d'une naïveté qui va jusqu'à l'imbécilité. La tolérance des idées dans le sens absolu est contre la nature de l'homme. Quiconque s'en fait le défenseur déclare qu'il ne croit pas à la vérité, ou qu'il regarde l'erreur comme ne pouvant être nuisible à l'ordre social. Dans l'un ou l'autre cas, c'est une bien triste aberration mentale.

III.

Si aucune doctrine, en quelque ordre que ce soit, ne peut tolérer une opinion qui la combat, les convictions religieuses doivent tout spécialement être animées d'un énergique esprit de répulsion pour tout enseignement qui les contredit. Cela tient à la nature même de leur objet, qui est le plus important pour l'homme ; car c'est son éternelle destinée.

Nous, catholiques, nous croyons à notre religion comme étant révélée de Dieu même ; nous croyons que la foi à ses dogmes et la pratique de sa morale sont d'une nécessité absolue pour le salut des hommes, du moins lorsqu'on est appelé à les connaître; nous croyons que l'Eglise à laquelle nous appartenons a seule le droit d'enseigner la vérité en matière religieuse, que c'est en elle que les hommes trouvent les moyens de leur sanctification, et que quiconque la combat attaque Dieu même qui l'a établie. Je le demande, comment nous serait-il possible avec une foi semblable de ne pas nous opposer, avec toute la force qui serait en notre pouvoir, à toute dénégation de nos doctrines, à toute tentative faite pour affaiblir le respect à l'autorité de l'Eglise, à toute erreur qui, en faisant perdre aux hommes la foi, les mettrait en dehors de la voie du salut et serait aussi la cause de perturbations sociales ?

Quoi ! nous croyons qu'un Dieu est venu sur la terre pour nous enseigner les vérités nécessaires à notre bonheur éternel, que ce même Dieu fait homme a donné son sang pour attirer à lui les esprits et les cœurs ; qu'il a prononcé l'anathème contre quiconque ne croit pas à son enseignement et n'obéit pas à la loi qu'il a donnée aux hommes, et qu'il a imposé à ses ministres le devoir d'enseigner toutes les nations : « Docete omnes gentes. » Nous voyons les apôtres parcourir le monde au milieu des plus pénibles fatigues, affronter la mort pour répandre les doctrines de leur maître et faire cesser l'empire que les démons exerçaient par l'idolâtrie ; nous voyons douze millions de martyrs confesser, prêcher, défendre la foi du Christ en répandant leur sang au milieu des plus atroces tortures ; nous voyons les missionnaires quitter leurs parents, leur patrie, tout ce qui leur est cher, pour aller dans les contrées les plus lointaines, dans les îles perdues de l'océan, faire connaître Jésus-Christ à de pauvres sauvages, et cela au milieu des plus pénibles travaux, des périls les plus menaçants et souvent en s'exposant à une mort cruelle. Nous voyons la longue suite des Pères, des Docteurs, des apologistes, défendre toutes les vérités catholiques avec un zèle, une science et une éloquence admirable. Nous voyons l'Eglise veillant sans-cesse à la conservation du dépôt qui lui est confié, ne jamais laisser apparaître une hérésie sans chercher à la détruire, et donner à ses pontifes l'ordre de préserver avec le plus grand soin les fidèles soumis à leur autorité de toute doctrine propre à affaiblir la foi et les mœurs.

Quoi, nous, catholiques, nous connaissons tout ce qu'a fait et souffert le divin auteur de notre religion pour l'établir, et le zèle des apôtres, des martyrs, de l'Eglise entière pour la propager et la défendre ; et nous serions indifférents aux erreurs qui contredisent les enseignements, objets de notre foi ; nous nous déclarerions tolérants pour les doctrines qui sont opposées à celles que nous croyons! Nous laisserions les ennemis plus ou moins déclarés de notre religion, répandre des principes erronnés, énoncer des assertions mensongères, attaquer l'Eglise dans son sacerdoce et ses institutions, insinuer, sinon émettre directement, des idées en opposition aux dogmes, à la morale, au culte que nous professons ; et de crainte d'être accusés de fanatisme, nous donnerions libre cours à ces atteintes diverses à notre foi ; nous ne leur opposerions pas une résistance énergique ; nous ne leur ferions pas une guerre ouverte, en réfutant toutes les erreurs, démasquant toutes les intrigues et mettant en garde nos frères contre les divers moyens de perversion employés contre eux? Non, non. il n'en peut être ainsi. Pour un catholique qui comprend ce qu'est sa religion et connaît les devoirs qu'elle lui impose, la tolérance de l'erreur n'est pas possible. Partout où il la rencontre il doit la combattre, s'il le peut. Sans doute quand elle est de bonne foi et l'effet d'une ignorance excusable, il ne doit la réfuter qu'avec modération et charité ; mais quand elle s'affirme avec un accent qui montre un esprit perverti et cherchant à pervertir : alors tout ménagement est une imprudence ; à l'audace du mensonge il faut opposer celle de la vérité qui, partout où elle est défendue, finit par prévaloir." *Magna vis est veritatis et prævalebit.*"

IV

Les idées que je viens d'émettre peuvent paraître étranges, à nulle personne sans doute de cet auditoire catholique et éclairé, mais à des hommes qui sont toujours prêts à nous accuser de fanatisme dès lors que nous mettons quelque ardeur à défendre la religion ; ils ne sont pas toujours animés contre le christianisme de cette haine qui distingue spécialement les apostats ; mais ils sont d'une singulière indifférence aux questions religieuses; c'est ce qui explique leur penchant pour la tolérance. Peut-être même quelques uns de ces hommes se croient ils catholiques ; mais par préjugés, par passion, ou par suite de l'influence des fausses doctrines qu'ils ont reçues, ils se sont formé des théories, des systèmes qui contredisent certains points des dogmes chrétiens ; ils ne se gênent pas d'émettre des principes, des idées, des assertions qui attaquent plus ou moins directement la révélation.

Ils admettent sans doute l'existence d'un Dieu Créateur ; mais on dirait qu'ils se représentent l'Etre infini en sagesse disant aux hommes : Honorez-moi, ou méprisez-moi : aimez-moi, ou soyez indifférents à mon égard ; cela ne m'importe nullement ; agissez comme vous voudrez ; faites le bien ou le mal, je n'en tiens pas compte.

L'absurdité est trop évidente ; aussi on dit : sans doute l'homme doit adorer son Créateur, mais chacun selon sa manière de voir.

Ainsi le sauvage qui adore un vil et hideux reptile, ou une pierre brute ; le payen qui se livre à mille infamies pour honorer ses idoles ; le Musulman qui croit que Dieu a révélé à Mahomet toutes les absurdités du Coran ; le Protestant qui méprise l'Eglise et ne ferait nulle difficulté de profaner l'hostie consacrée, et le Catholique qui regarde le Pape comme le Vicaire du Christ et rend son adoration à la divinité qu'il croit présente sous les symboles eucharistiques ; tous ces hommes aux cultes divers rendent un hommage égal au Dieu trois fois Saint. Du haut de son trône le Créateur dit à tous : je suis satisfait de vos actes ; qu'ils soient bons ou mauvais, inspirés par la vérité ou par l'erreur ; qu'ils expriment les idées les plus opposées à l'égard de ma sainteté, de ma justice, de ma sagesse, n'importe, ils m'honorent tous également : continuez cette bigarrure de cultes ; quelque faux et même ridicules qu'ils puissent être, cela est un spectacle qui réjouit mes regards et satisfait mon cœur.

Voilà comme doit parler le Dieu des tolérants. En vérité on ne conçoit pas comment l'intelligence humaine descende jusqu'à une semblable absurdité. Et ce sont ceux qui soutiennent cette inconcevable doctrine de la tolérance absolue en fait de religion, qui prêchent si haut les droits de la raison en opposition aux exigences de la foi. La raison, ce n'est pas à eux à soutenir ses droits, car elle ne leur appartient plus. Oh! que de folies, permettez-moi ce mot, exprimées de nos jours au nom de la raison, de la tolérance !

Eh ! bien, il faut venger tout à la fois la raison et la religion en réclamant contre toutes ces déclamations qui égarent les esprits.

Je le dis donc encore une fois. Point de tolérance à l'erreur, remarquez bien, je ne dis point aux personnes, point de tolérance à l'erreur, car elle est une chose exécrable et que Dieu hait. Le mot est de l'écrivain sacré. «Omme execramentum erroris odit Deus » (Eccl. 15. 13.)

Eh ! bien, ce que Dieu hait, les hommes doivent le haïr et le combattre. Repousser l'erreur, c'est être inspiré de l'esprit de Dieu, c'est une œuvre sainte et salutaire. C'est, je l'ai déjà exprimé, l'œuvre continuelle de l'Eglise, laquelle ne sait garder aucun ménagement à l'égard des doctrines erronées.

V

Non seulement l'Eglise ne laisse aucune erreur sans la proscrire, mais connaissant comme elle infecte les esprits, elle veut en dérober la connaissance aux fidèles ; elle interdit sous les peines les plus sévères la lecture des livres qui la contiennent.

Il est un mot qui excite au plus haut degré la colère des ennemis de la doctrine catholique ; c'est « l'Index.» Mais les déclamations dont il a été l'objet sont aussi insensées que violentes.

De tout temps l'Eglise a proscrit les livres pernicieux à la foi et aux mœurs. C'était un droit de légitime défense pour elle chargée d'enseigner aux hommes les vérités qu'ils doivent croire, les vertus qu'ils doivent pratiquer. Mais au 16e siècle, à l'époque où le Protestantisme attaquait presque tous les dogmes catholiques et émettait des principes qui favorisaient toutes les passions, dans les livres que l'invention récente de l'imprimerie permettait de multiplier et de répandre partout, l'Eglise crut devoir prendre une mesure appropriée aux périls des temps, comme l'Etat, lorsqu'une épidémie se déclare, porte des règlements sanitaires qui ne gênent la liberté que pour conserver la vie. D'après les prescriptions du Concile de Trente, des règles furent établies pour déterminer la proscription des ouvrages dangereux, et on dressa un catalogue des livres qui devaient être prohibés. « Index » est le mot latin qui exprime cette liste indiquant les productions hétérodoxes contre lesquelles on doit se mettre en garde. Une congrégation de cardinaux fut instituée pour examiner les publications suspectes et condamner celles dont le danger serait reconnu. L'excommunication est portée contre tous ceux qui lisent, retiennent ou impriment des livres prohibés d'une certaine catégorie et celui qui lit un ouvrage quelconque mis à « l'Index » commet une désobéissance grave envers l'autorité ecclésiastique et peut être passible des censures portées par l'Evêque. Il est à propos de faire remarquer que pour qu'un livre soit prohibé, il n'est pas nécessaire qu'il renferme une hérésie formelle ; il suffit qu'il soit pernicieux sous quelque rapport. Ainsi un livre qui ne contiendrait pas de propositions explicitement hérétiques, mais qui serait rempli de diatribes contre l'Eglise, propres à affaiblir le respect dû à son autorité, pourrait assurément être mis à « l'Index. »

Eh ! bien, l'Eglise est-elle à blamer pour cette prohibition de livres qui combattent ses enseignements ? Oui, disent les partisans de la tolérance ; car c'est mettre une entrave à la liberté de l'intelligence ! Mais si cette liberté tourne pour un grand nombre d'esprits au détriment de la foi, doit-elle être laissée sans répression ?—Réfutez vos adversaires, si vous le pouvez, mais ne les empêchez pas de se faire entendre.—Cela veut dire à l'Eglise : Réclamez si vous le voulez, le droit de vous défendre, mais n'ôtez pas à vos ennemis celui de vous attaquer.

Admirable principe, en vertu duquel, l'autorité civile pourrait bien essayer à repousser une conspiration ourdie contre elle, mais seulement après que celle-ci se fut organisée et eut pris les moyens propres à assurer son succès.—Réprimez ce qui vous paraît un mal, mais ne le prévenez pas.—Vous l'entendez cet axiome de la sagesse tolérante. Ainsi, pères et mères de famille, laissez lire à vos fils et à vos filles tous les livres qui leur tombent entre les mains : laissez-les écouter toutes les paroles que n'importe quel libertin leur fera entendre. S'ils font quelques fredaines vous pourrez leur faire la morale ; mais n'allez pas dans ce siècle de tolérance établir l'Index dans votre maison ; laissez à l'Eglise cette monstrueuse atteinte aux droits de la liberté de l'esprit et du cœur.

Ainsi, médecins, n'essayez pas de proscrire à ceux qui sont sous vos soins l'usage de tels aliments, tout préjudiciables que vous puissiez les juger à la santé ; c'est attenter à la liberté du boire et du manger. S'il en résulte quelque maladie, eh ! bien, vous avez vos remèdes, essayez de guérir ; cela vous est permis. Et si la mort arrive, qu'importe, le droit par excellence qu'a l'homme de faire ce qu'il lui plaît aura été conservé.

Je défie quiconque combat le droit de l'Eglise de proscrire les livres qu'elle juge dangereux, de le faire sans émettre un principe qui mène à ces sottes conséquences.

Eh ! bien, toute doctrine qui force ses adversaires de reculer jusqu'à l'absurdité est triomphante de leurs attaques aux yeux de la raison.

L'Index est donc justifiable en principe ; l'Eglise qui l'a institué a, en cela comme en toute autre chose, sagement fait. Oh ! quand nous voyons les honteuses aberrations de ces esprits qu'ont affaiblis l'incrédulité et l'hérésie, ne devons-nous pas regretter que l'Index n'ait pas eu plus d'empire dans la société. Quels services il eut rendu à nombre de têtes en les préservant de la lecture de livres à ces maximes erronnées, qui ont eu sur elles une si humiliante influence ? Que d'hommes dont l'intelligence et le cœur ont été dégradés pour avoir violé les prescriptions de l'Index ! Aussi, en voyant quels effets désastreux la prohibition des livres inspirés par le génie du mal peut empêcher, je m'écrie au nom de la raison dont il sau·· ··ç9 la dignité : Gloire et reconr   ¡ à l'Index et à l'Eglise qui l'a ɛ.

VI.

Les partisans de la tolérance diront peut-être : Nous ne vous refusons pas le droit de combattre les doctrines opposées à votre enseignement ; ce que nous demandons, c'est que vous n'exigiez pas que la force soit employée par l'autorité civile contre ceux qui ne partagent pas vos croyances religieuses ; c'est cette exigence que nous repoussons hautement ; la tolérance que nous prêchons, c'est la liberté laissée à chacun de professer et de défendre la religion qui lui plait.

Je répondrai d'abord que très souvent l'intolérance reprochée à l'Eglise n'est autre chose que l'ardeur et le zèle avec lequel elle soutient ses doctrines et combat ses adversaires par la discussion, et qu'à chaque instant on entend de violentes déclamations contre « l'Index » Il importait donc de bien établir que c'est le droit et le devoir de l'Eglise de condamner l'erreur et de prendre tous les moyens d'empêcher celle-ci de se répandre. D'ailleurs les principes posés en traitant cette partie de la question serviront à la solution de celle dont j'ai maintenant à m'occuper, je veux dire, la tolérance politique.

Je ferai aussi observer qu'on emploie une confusion de termes à dessein de dénigrer l'Eglise lorsqu'on répète qu'on ne doit point imposer la croyance par la contrainte, et lorsqu'avec ce principe on fait de longues tirades contre le fanatisme catholique. Je l'admets sans la moindre difficulté; la violence ne doit point être employée pour imposer la foi ; on ne peut passer de l'incrédulité ou de l'hérésie au catholicisme que par un acte de l'intelligence et de la volonté, qui est l'effet de la grâce. Mais quand donc l'Eglise a-t-elle exigé une profession de foi repoussée par l'esprit et le cœur ? Elle ordonne au contraire à ses ministres de s'assurer de la parfaite sincérité de ceux qui demandent à entrer dans son sein, avant de leur conférer le baptème. Je repousse donc comme une calomnie l'accusation plus ou moins directe portée contre elle d'imposer ses doctrines par la violence et d'exercer son domaine, non par la persuasion, mais par une contrainte qui fasse de ses sujets des esclaves.

Cette observation faite, j'entre dans le point capital de la question de la tolérance.

L'Eglise a-t-elle le droit d'exiger que l'autorité civile emploie la force dont elle dispose pour empêcher de se répandre l'erreur qui l'attaque ? Les partisans de la tolérance s'écrient: Non. Nous, Catholiques, nous devons dire hardiment : Oui.

Voilà ce me semble la question nettement posée, clairement définie.

Toutefois je me hâte de dire qu'il y a encore ici une distinction tout-à-fait importante à faire. Il y a deux choses à considérer dans le sujet qui nous oc-

cupe, la loi générale, le principe absolu, le droit dans le sens rigoureux du mot, et la mise en pratique de la loi, l'application du principe dans tels cas particuliers. Qui ne comprend qu'une loi peut être juste en elle même, et que cependant, à raison de circonstances de temps et de lieux, elle ne puisse être appliquée sans produire un effet qui nuise au bien même pour lequel elle a été portée.

N'est-ce pas un axiöme qu'il n'est guère de règle sans exception, mais que l'exception ne détruit pas la règle ?

Je reviendrai plus au long sur la distinction que je viens d'exprimer, mais il importait de la signaler maintenant.

Posant ma thèse dans un sens absolu, je dis : La doctrine qui prétend qu'il n'est pas permis d'employer la force pour détruire l'erreur et que celle-ci a le droit de s'exprimer partout librement, est une doctrine absolument fausse, contraire à l'enseignement catholique et conduisant à des conséquences absurbes et fatales à la société.

Ecoutons quelle est sur la question de la tolérance civile la doctrine de l'Eglise que nous reconnaissons être l'organe de Dieu lui-même. Dans l'Encyclique «Quanta cura» le Vicaire de Jésus Christ s'exprime ainsi : "Il ne manque pas aujourd'hui d'hommes qui, appliquant à la société civile l'impie et absurde principe du «naturalisme,» comme ils l'appellent, osent enseigner que la perfection des gouvernements et le progrès civil exigent que la société humaine soit constituée et gouvernée sans tenir plus de compte de la religion, que si elle n'existait pas, ou du moins sans faire aucune différence entre la vraie religion et les fausses.

«De plus, contrairement à la doctrine de l'Ecriture, de l'Eglise et des Saints Pères, il ne craignent pas d'affirmer que le meilleur gouvernement est celui où l'on ne reconnaît pas au pouvoir l'obligation de réprimer par des peines légales les violateurs de la religion catholique, si ce n'est lorsque la tranquilité publique le demande. Partant de cette idée absolument fausse du gouvernement social, ils n'hésitent pas à favoriser cette opinion erronée, fatale à l'Eglise catholique et au salut des âmes, et que notre prédécesseur d'heureuse mémoire, Grégoire XVI, « qualifiait » de « délire, » que la liberté de la conscience et des cultes est un droit propre à chaque homme, qui doit être proclamé par la loi et assuré dans tout Etat bien constitué ; et que les citoyens ont droit à la pleine liberté de manifester hautement et publiquement leurs opinions, quelles qu'elles soient, par la parole, par l'impression ou de toute autre manière, sans que l'autorité ecclésiastique ou civile puisse la limiter. Or, en soutenant ces affirmations téméraires, ils ne pensent ni ne considèrent qu'ils prêchent la « liberté de la perdition. »

Les propositions erronées que le Souverain Pontife signale dans le passage que je viens de citer, il les anathématise en ces termes : « Nous les repoussons en vertu de notre autorité apostolique, les proscrivons, les condamnons, et nous voulons et ordonnons que tous les enfants de l'Eglise catholique les tiennent pour réprouvées, proscrites et condamnées. »

Peut-il y avoir une réprobation plus explicite et plus énergique de la tolérance civile de toutes les erreurs religieuses ? Aussi à tout soi-disant catholique qui veut aujourd'hui s'en déclarer l'apôtre, il n'y a qu'à dire : Si vous êtes un enfant de l'Eglise, rétractez vos paroles ou du moins taisez-vous. Et s'il continue à parler, il faut lui infliger cette humiliante alternative : Vous n'êtes qu'un apostat déguisé digne de toute notre indignation, ou si vous vous croyez catholique en soutenant ce que l'Eglise condamne, vous ne savez ce que vous dites et ce que vous faites. Vous ignorez les éléments de votre religion, et au lieu d'endoctriner les autres, retournez à votre catéchisme.

Cependant je dirai autre chose.

Sans doute tout esprit doit se soumettre au jugement de l'Eglise. Quand celle-ci a prononcé, elle a terminé par sa sentence tout débat intellectuel pour ceux qui reconnaissent son autorité divine. Mais elle n'hésite jamais à justifier ses doctrines aux yeux de la raison ; elle donne toujours des démonstrations qui font adopter sans peine ses enseignements par toute intelligence droite et éclairée.

L'Eglise n'a rien à craindre de la raison, qui vient de Dieu comme la révélation, et elle sait qu'entre ces deux expressions de la vérité divine, il ne saurait y avoir opposition.

Voyons donc comment nous, catholiques, en adhérant à la doctrine de l'Eglise sur la tolérance, nous lui rendons un hommage raisonnable selon le mot de St. Paul : « rationabile obsequium vestrum » et comment par conséquent les fauteurs de la tolérance absolue sont désavoués par la raison au nom de laquelle ils osent parler.

VII.

L'homme est né pour la société : c'est en elle qu'il trouve la conservation de sa vie, le développement de ses facultés corporelles et intellectuelles, l'exercice de ses aptitudes, la satisfaction de ses désirs, le bonheur qu'il peut éprouver dans sa carrière terrestre. On le voit, Dieu en créant l'homme, l'a fait pour la société ; celle-ci est donc d'institution divine.

Mais Dieu, infiniment sage, n'a pu vouloir la société, sans vouloir ce qui seul peut la conserver, c'est-à-dire, une organisation à laquelle préside une autorité qui y maintienne l'ordre. Sans cette autorité, quelle qu'en soit la forme, c'est la guerre en permanence entre les hommes ; c'est la violation de tous les droits par la puissance brutale ; c'est pour le genre humain l'état des animaux dont les plus faibles et les plus doux sont dévorés par les plus forts et les plus féroces. Il faut donc un pouvoir qui protège les droits de tous et réprime les injustices et les violences. On ne saurait concevoir la société sans ce pouvoir, il lui est absolument nécessaire ; il vient donc aussi de Dieu, l'auteur de la société. Quelque soit le mode par lequel il est conféré, dès lors qu'il est constitué légitimement, il faut lui obéir. Si l'autorité n'est pas reconnue comme d'institution divine, les hommes n'ont pas à s'y soumettre comme à un ordre de choses voulu par la Providence pour le bien essentiel de la société ; alors il n'y a pas d'autre pouvoir dans celle-ci que celui qui est imposé par la force ; il n'y a pas de liberté ni de justice. Ceux qui obéissent parcequ'ils y sont contraints, ne sont plus que des esclaves. Chaque fois qu'ils le peuvent, les hommes sont toujours en droit de secouer un joug sous lequel nul devoir ne les force à se courber ; et ainsi la société n'aura pas d'autre alternative que l'asservissement ou l'anarchie.

La raison se soulève contre une doctrine qui amène ces conséquences ; elle dit dans les mêmes termes que l'Apôtre : il ne saurait y avoir de pouvoir, ayant droit de commander les hommes s'il ne vient de Dieu : " Non est potestas nisi a Deo" (Rom. 13.) La raison ajoute avec St. Paul : Les hommes n'ont pas à se soumettre seulement par la crainte des colères du pouvoir, ce qui serait l'esclavage, mais pour suivre la voix de la conscience, qui fait un devoir de reconnaître une autorité sans laquelle l'ordre social n'est pas possible : " Subditi estote non solum propter iram, sed etiam propter conscientiam. " (ibid.)

Maintenant quelles sont les attributions de cette autorité établie par Dieu? Elles ne peuvent être assurément que pour le bien de la société. La révélation le dit encore comme la raison. " Mini r Dei in bonum". Le pouvoir civil est constitué pour assurer aux hommes le juste exercice de leurs droits en empêchant qu'on y porte atteinte.

L'homme a droit à la vie ; et aussi la raison de tous les peuples a protégé ce droit en portant la peine de mort contre quiconque attente à la vie de ses semblables ; si naguère certains petits états, cédant trop facilement aux déclamations de quelques insensés ont abrogé cette peine, on les voit se hâter de la rétablir, en considérant quel jeu font de la vie de l'homme ceux qui ne conservent plus d'autre morale que celle des intérêts du temps et de la satisfaction des passions.

L'homme a droit à ses propriétés, et partout les sévices du pouvoir se faisant sentir au brigand et au voleur, imposent le respect au bien d'autrui.

L'homme a droit à sa réputation ; l'autorité punit celui qui la blesse ; et ceux mêmes qui se rendent coupables contre l'Eglise et ses ministres de diatribes propres à leur faire perdre le respect des fidèles, s'empresseraient d'en appeler aux tribunaux de la moindre chose qu'ils croiraient être une atteinte à leur renommée.

L'homme a droit au respect pour sa pudeur et partout où une attaque à la morale est commise sous ce rapport, il y a des châtiments pour le punir.

Le pouvoir qui protége tous ces droits, en vertu de l'institution divine, doit également rendre justice à la famille, et aussi il maintient les droits du père sur l'enfant et les droits réciproques des époux.

Il se forme dans la société des associations dans des buts divers. Dès lors qu'elles ne nuisent pas à l'ordre public, le pouvoir leur accorde une existence légale en vertu de laquelle elles peuvent se soutenir et exercer des droits dont la violation permet le recours à la justice.

Ainsi le pouvoir doit protéger le droit à la vie, à la propriété, à la réputation, au respect de la pudeur et aussi le droit des familles et des associations qui ont un but utile.

VIII.

Il est un autre bien, de l'ordre le plus élevé, nécessaire à l'homme, touchant à ses plus graves intérêts : c'est la vérité, et la vérité dans la sphère la plus importante, je veux dire la vérité religieuse. Eh ! bien, il sera permis à qui voudra le faire, d'enlever aux hommes la possession de la vérité par des sophismes, par des mensonges, par tous les moyens qui peuvent pervertir les esprits, lesquels ne peuvent être tous préparés à sentir la fausseté des assertions qu'ils entendent ! La foi sera arrachée des esprits et des cœurs et l'autorité civile n'aura rien à voir à cette atteinte portée au droit que possède l'homme de jouir de la vérité ! Mais la vérité, c'est l'objet même de l'intelligence qui n'est créée que pour la percevoir ; c'est le fondement de l'ordre en tout état de choses : c'est quand il s'agit de la religion, le moyen du salut éternel. Le prédicant de l'erreur est un voleur qui enlève à l'intelligence son trésor ; c'est un assassin qui donne la mort à l'âme. Qu'importe, il faut le laisser faire, le pouvoir civil lui donne pleine liberté de tromper, de séduire, d'enlever la foi, d'exposer le salut de millions d'hommes !

Mais voici l'Eglise ; c'est une société que Dieu a fondée ; il lui a donné l'ordre d'enseigner toutes les nations, de faire connaître Dieu et son Christ, de sauver les âmes. Eclairer les esprits, sanctifier les cœurs, c'est son droit. Eh ! bien, l'autorité politique regardera l'hérésie et l'incrédulité comme ayant le même droit qu'elle a à se faire entendre, elle ne leur interdira pas la parole ; elle les laissera insulter l'Eglise, combattre ses doctrines, empêcher le bien qu'elle est chargée de produire ! Renan viendra dire à la face du monde : Jésus est un imposteur. Proudhon vomira ce blasphème : Dieu est le mal. Et un gouvernement entendra ces abominations, il verra ravir à la société qu'il régit la religion, que le Christ a établie en repandant son sang, que des millions de martyrs ont confessée par l'effusion de leur sang à eux aussi — et lui qui est établi de Dieu pour le bien, pour l'ordre, il n'aura aucune répression à employer contre ceux qui conspirent ainsi pour détroner Dieu sur la terre !

Mais dira-t-on : l'esprit humain est libre, l'erreur ne lui est pas imposée par la violence, il peut se défendre contre elle ; rien n'empêche l'Eglise de réfuter ses adversaires.—C'est donc supposer que toutes les intelligences sont capables de distinguer l'erreur de la vérité en toutes occasions ; qu'il est impossible au mensonge, au sophisme de jamais prévaloir dans les esprits ; que les passions favorisées par certaines hérésies, ne peuvent produire des préjugés qui aveuglent et portent l'intelligence à nier une vérité qui tendrait à combattre des penchants désordonnés. C'est en un mot, être réduit à ne répondre que par une absurdité.

En vertu du principe par lequel on défend la tolérance pourquoi ne dirait-on pas à celui qui se plaint que sa réputation est blessée : défendez-vous, réfutez la calomnie, vous en avez la liberté, mais ne demandez rien à la justice civile.

On dit encore : Mais l'erreur peut être involontaire, elle n'est point une faute ; la punir est injustice.

Je réponds : l'erreur, en fait de religion, est beaucoup plus souvent volontaire qu'on ne le pense, du moins dans les classes instruites, et je ne suis guère disposé à admettre cette bonne foi à l'égard de ceux qui prêchent en opposition aux doctrines catholiques qu'on ne combat ordinairement, lorsqu'on les connait, que par entêtement de préjugés ou par une passion coupable. Quoiqu'il en soit, le principe qu'on ne doit pas empêcher l'erreur de se répandre parce qu'elle serait de bonne foi, est encore une de ces idées que repousse le sens commun.

Quoi ! laisseriez-vous votre bien au pouvoir d'un autre parce que celui-ci le retient—croyant faussement qu'il lui appartient ? Un homme mal informé, répète des assertions mensongères et nuisibles qui peuvent faire tort à votre réputation, à votre commerce. Et sous prétexte qu'il ne le fait pas avec malice, vous ne l'empêcherez pas de parler !

Voilà la conséquence de votre principe.

Si celui qui prêche l'erreur est de bonne foi, ne le punissez pas comme coupable d'un crime, mais empêchez le de continuer sa prédication, parce qu'elle est un mal ; elle trompe les intelligences, elle perd les âmes, elle attaque l'Eglise, elle s'oppose au règne de Dieu.—Voilà encore comme parle la raison.

IX

Mais ici j'entends le prédicant de la tolérance tout épouvanté, m'arrêter en disant : La doctrine que vous soutenez amène pour conséquence que l'Etat doit avoir une religion. Sachez-le, c'est une doctrine surannée que rejette notre siècle, qui a déjà détruit tant de préjugés.

Ah ! notre siècle, si cette merveilleuse réaction en faveur de la foi catholique qui s'accomplit de toute part, ne le distinguait pas ; s'il ne brillait pas de la gloire que lui ont donnée les grands écrivains religieux qu'il a produits; si, ce qui est tout-à-fait opposé à mon attente, les principes des ennemis de la foi devaient prévaloir, il mériterait le nom honteux de siècle des absurdités.

Parmi ses droits à ce titre se trouve au premier rang, la maxime que l'on m'oppose : l'Etat ne doit pas avoir de religion, c'est-à-dire l'Etat doit être athée. Certains apôtres de la tolérance n'énoncent pas cette maxime en termes aussi crus, à raison de ménagements qu'ils ont à garder, mais on sait qu'elle est proclamée bien explicitement par les ennemis de l'Eglise en général ; et d'ailleurs la tolérance absolue ne peut être défendue logiquement qu'en vertu de ce principe.

S'il est soutenu par des hommes qui se disent athées eux-mêmes, je conçois la chose, et je n'ai rien à dire. Mais s'il est admis par des hommes, qui regarderaient comme une diffamation d'être soupçonnés d'athéisme et qui même se prétendraient catholiques ; alors je vois là une déraison qui, toute peu nouvelle qu'elle soit, me cause toujours de l'étonnement.

Ainsi l'on croit que Dieu est l'auteur de la société, que c'est lui qui a constitué l'autorité temporelle, et cependant que cet autorité n'a aucun hommage à rendre à Dieu, aucune loi à recevoir de lui, aucun acte à faire par lequel elle reconnaisse son souverain domaine et qu'elle doit être absolument indifférente à la religion qu'il a révélée pour le salut des hommes. En l'établissant, Dieu lui a dit : Je te charge de venger les droits les plus faibles des sujets qui te seront soumis, mais prends garde de rien faire pour la gloire de mon nom, la défense de la vérité, et le soutien de la religion,toute nécessaire qu'elle soit. Retiens le bien : tu as un double devoir à remplir : protéger les hommes et laisser insulter Dieu ; tout acte que tu ferais en faveur du culte que j'ai établi pour ma gloire, serait un crime pour toi.

Eh ! bien, ces deux propositions : Dieu est l'auteur de la société civile et elle n'a point à tenir compte de ce qui peut le glorifier ; ces deux propositions ainsi unies ne frappent elles pas l'intelligence comme un accent de délire ?

X

Maintenant je le demanderai : croit-on que la tolérance de toutes les erreurs, l'indifférence à l'égard de toutes les religions, soit un bien réel pour la société ? Oui, puisqu'on en fait un principe qu'on défend avec acharnement et que l'on regarde la doctrine contraire comme un anachronisme dans l'ordre social. Eh ! bien, voyons encore ce qui va suivre de cette maxime. Evidemment, elle renferme l'idée que l'erreur n'est point nuisible de soi. Il faut développer ici les conséquences de cette idée lumineuse.

Que le dogme, le culte, la morale enseignés par l'Eglise catholique, soient vrais ou faux, cela n'a aucune importance pour l'ordre temporel (;)

Que le Pape soit le Vicaire du Christ,

comme le croient les catholiques, ou le précurseur de l'antéchrist, ainsi que le disent les protestants : l'influence que, à l'un ou l'autre de ces titres, il peut exercer, ne peut produire ni bien, ni mal à la société civile.

En supposant la vérité du dogme eucharistique, que les hommes adorent Dieu présent sous les symboles sacrés, ou qu'ils foulent impunément les saintes hosties sous les pieds, comme cela vient de s'accomplir en divers endroits ; il n'y a rien là qui puisse attirer sur la terre la faveur ou la colère du ciel ;

Que la polygamie ou le divorce proscrits par la doctrine catholique s'établissent dans la société ; celle-ci n'aurait aucune attention à porter à ce fait qui ne saurait en rien modifier son état ;

Que le Polythéisme revienne avec tous les dieux de l'Olympe, notamment Bacchus et Vénus, ou que le Christ réclame l'empire du monde avec sa croix ; peuples, croyez ce que vous voudrez, l'Évangile, le Coran, le code religieux et moral du paganisme, c'est une bagatelle qui ne saurait exciter le souci de votre gouvernement ;

Que les querelles les plus acharnées, produites par les dissentions religieuses aient lieu entre les esprits ; la société civile ne peut avoir à en souffrir ; et elle n'a pas à s'occuper où se trouve la vérité dans ces débats.

Oui, sur tous les points les plus importants pour les hommes, les plus propres à déterminer leur conduite ; que l'erreur ou que la vérité domine dans la société, cela ne saurait avoir aucune suite fâcheuse pour celle-ci et si toutefois des difficultés en résultent, le glaive de l'autorité politique ramènerait facilement l'ordre.

Qu'on le sache donc : l'indépendance politique en matière de religion, la tolérance de toutes les erreurs dans l'ordre spirituel, la non-intervention absolue entre Dieu et le diable se disputant les esprits et les cœurs, voilà la perfection de l'ordre politique, voilà le grand principe de la civilisation moderne, voilà ce qui doit être à jamais sa gloire.

Qu'ai-je entendu ? Ah ! ici ce n'est pas l'accent du délire causé par une fièvre ordinaire ; c'est celui d'une terrible aberration produite par l'usage fréquent du funeste breuvage des doctrines empoisonnées et irritantes du siècle ; c'est à son paroxysme, le " delirium tremens " des esprits, délire qui trouble celui en qui il se voit, et que doit faire trembler la société où il si manifeste, à cause des conséquences fatales qui en résulteraient, s'il devenait commun. La démence dégénère souvent en furie. Des terribles violences sociales ont été et peuvent être encore la suite des maladies intellectuelles.

Je sais ce que l'on tenterait de répondre à ces considérations. Un gouvernement, dirait-on, peut ne s'occuper nullement des doctrines religieuses et toutefois réprimer des immoralités flagrantes. Il y a dans la société des idées générales sur le juste et l'injuste, le bien et le mal ; elles suffisent avec la puissance du glaive au maintien de l'ordre civil.

Je réponds : ces idées ne suffisent pas ; les faits montrent l'immoralité envahissant les mœurs privées et publiques à un point qui effraie pour l'avenir. D'ailleurs ces idées morales que la société conserve sont le fruit de l'enseignement religieux qui l'a dominée jusqu'à ce jour. Un homme qui rejette la foi en subit longtemps encore l'impression dans sa conscience ; de même la société peut conserver quelque temps encore certains principes de morale qui, sans qu'elle s'en doute, sont un reste de la foi qui l'avait fortement imprégnée de ses doctrines. Mais laissez croire que la religion est indifférente au bien de la société ; laissez se développer sans aucune entrave les doctrines anti-chrétiennes et vous verrez si la morale se maintiendra longtemps ; si la distinction du juste et de l'injuste, de l'honnête et du déshonnête reposera toujours sur des principes admis de tous ; vous verrez qu'il n'y aura plus d'autres mobiles pour les hommes que les intérêts toujours si opposés entre eux, que le désordre deviendra permanent, un gouvernement régulier impossible, et que le résultat final de tout cela sera une large effusion du sang des hommes dans une longue et affreuse anarchie.

XI.

Comment les partisans de la tolérance répondraient-ils à ces considérations ? Comme tous les défenseurs des mauvaises causes, ils ne discutent guères les raisons qu'on leur oppose ; mais incapables de défendre logiquement leurs principes, ils tranportent la question dans la région des faits à l'égard desquels ils font entendre de furibondes déclamations.

Ecoutez : l'intolérance, elle est la cause de toutes ces guerres religieuses qui ont déchiré une grande partie de l'Europe pendant deux siècles. Sur elle tombe la responsabilité des fleuves de sang qui ont coulé en divers pays et de ces atrocités de tout genre dont le récit fait frémir ; c'est un principe qui doit être en exécration à l'humanité.

Ma réponse sera courte et facile. D'abord j'observerai que si la diversité des religions a été réellement la cause de guerres déplorables, cependant des intérêts politiques se sont souvent mêlés à ces guerres, et les ont considérablement prolongées, et qu'ainsi l'effusion du sang dans ces longs combats ne doit pas être toute attribuée, il s'en faut de beaucoup, à une cause religieuse.

Mais j'ai une autre réponse à donner : Savez-vous ce que vous faites, messieurs les partisans de la tolérance, en nous rappelant la longueur et les excès des guerres qui se sont élevées entre les partis animés de croyances religieuses opposées ? Vous parlez contre votre cause ; vous apportez la preuve la plus péremptoire que la tolérance religieuse est un mal digne d'être souverainement déploré, et vous rendez hommage à la raison de

l'Eglise catholique qui l'a combattue sans cesse.

Cela vous étonne. Mais est-donc si difficile à comprendre ? Comment ne voyez-vous pas que si dans un pays où la religion catholique était universellement pratiquée, on eut arrêté les premiers prédicants de l'erreur, en leur faisant craindre les rigueurs de la justice, alors cette erreur ne se serait pas répandue ; il ne se serait pas formé de parti anti-catholique, assez fort pour prendre les armes et troubler la société. Voyez l'Italie et l'Espagne ; ces pays ont été préservés des guerres religieuses, parceque selon les principes de l'Eglise, on y a étouffé l'hérésie naissante. Où les flots de sang ont-ils coulé ? dans les Etats où les souverains ont eux-mêmes introduit le Protestantisme ou n'ont opposé aucune résistance à son invasion. Bientôt ces nations se sont divisées en deux camps ennemis ; la guerre était inévitable.

L'erreur qui se sent faible pour la discussion, voit que la force lui est nécessaire pour se soutenir ou s'imposer ; aussi partout elle a eu recours à la violence. Elle devait provoquer une résistance armée. Dans l'irritation où se trouvaient les partis opposés, des excès ont été commis, incomparablement moins toutefois chez les catholiques que chez leurs adversaires. Avec le temps les esprits ont pu se calmer ; on a compris qu'il y avait intérêt commun à vivre en paix ; par la nature même des choses les guerres religieuses ont du s'apaiser. Cependant presque partout où l'hétérodoxie domine, les catholiques souffrent encore plus ou moins aujourd'hui une violation de leurs droits. Eh ! bien, encore une fois, supposez qu'au 16e siècle alors que le catholicisme dominait toute l'Europe, la Russsie et la Turquie exceptées, les divers Etats eussent fait leur devoir, l'hérésie eût été extirpée ; elle n'aurait pas produit ces longues et terribles guerres dont on a parlé.

Honte à la doctrine qui prêche la liberté de l'erreur ; elle est digne de mépris, parceque, aux yeux de la raison, elle est une absurdité ; elle est digne d'indignation, parcequ'elle ne se montre qu'avec l'épouvantabie tache du sang humain qu'elle a fait verser.

XII.

Mais en parlant de l'Espagne, préservée des guerres de religion, j'ai provoqué un cri qui retentit à mes oreilles en accents frénétiques : l'Inquisition, ses horreurs épouvantables ; voilà ce qui rendra à jamais la doctrine opposée à la tolérance incapable d'être acceptée par l'humanité.

Je vais répondre avec calme, très brièvement, et je me flatte, d'une manière à faire voir que ce cri est celui d'une ignorance qui se laisse abuser, ou d'une haine insensée contre l'Eglise.

L'Inquisition, je la trouve justifiable en principe. Oui, une institution qui a pour but de découvrir l'erreur, et de prendre les moyens de l'empêcher de se produire, de pervertir les esprits et de troubler la société, une institution semblable est bonne de soi ; elle est louable ; cela découle de toute la doctrine que j'ai établie.

Maintenant, l'Inquisition d'Espagne a pu être, à certaines époques, un instrument politique plutôt que religieux ; alors elle a été détournée de sa fin ; mais les fautes qu'elle a commises ne retombent pas sur l'Eglise dont elle ne servait pas la cause, du moins exclusivement

L'Inquisition a réellement eu des rigueurs excessives et a commis des injustices. Sous ce rapport, je la blâme énergiquement ; et cette censure, je ne la prononce qu'avec plusieurs Papes qui ont à diverses reprises condamné les procédés de ce tribunal ; qui ont permis une très fréquente évocation à la cour de Rome des causes jugées en Espagne ; qui ont toujours incliné au parti de l'indulgence, et qui, qu'on retienne bien ce trait, n'ont jamais prononcé l'exécution d'une peine capitale pour un délit purement religieux.

Maintenant, l'Inquisition d'Espagne est-elle coupable de tous les procédés iniques, des sentences injustes, des actes cruels dont on l'accuse ? je dis hardiment: Non. Elle ne peut être excusée en tout, je viens de le dire mais elle a été horriblement calomniée. Il n'est guère d'ennemi de l'Inquisition qui ne prenne les accusations qu'il formule contre elle dans l'histoire que Lorente a faite de ce tribunal. Or savez-vous ce qu'était cet homme ? Un prêtre indigne, un traître à sa patrie, un ennemi déclaré des libertés nationales, un historien dont l'esprit est animé de la haine la plus violente contre l'autorité ecclésiastique, dont les récits sont remplis de faussetés et de contradictions. Il avait été chargé par Joseph Bonaparte l'usurpateur de son pays, dont il avait embrassé la cause, du soin des archives de l'Inquisition ! Eh ! bien il a fait brûler la plupart des actes de ce tribunal. Je le demande, quelle confiance peut-on reposer dans un historien qui se prétend le seul instruit parcequ'il a la facilité de feuilleter les documents originaux sur lesquels se fonde son histoire, et qui détruit livre aux flammes ces mêmes documents ?

Je termine ce sujet en disant qu'il ne faut pas oublier que, selon le mot du Comte de Maistre, il y a eu en vertu de l'Inquisition, plus de paix plus de bonheur en Espagne que dans toutes les autres contrées de l'Europe. Ceci ne justifie pas l'Inquisition des actes sévères ou injustes qu'elle aurait commis ; mais il faut l'avouer lorsqu'un coupable a fait tant de bien on doit avoir pour lui de l'indulgence. Or le bien qu'a fait l'Inquisition, la gloire en doit revenir à l'Eglise, qui l'a établie, précisément dans le but de l'effet salutaire qu'elle a opéré ; et le mal, dans la mesure plus ou moins grande qu'on peut lui reprocher, doit retomber uniquement sur les hommes qui s'en sont rendus coupables, et non sur l'Eglise qui a été bien loin de l'approuver.

Voilà à quoi se réduit ce fait

l'Inquisition d'Espagne, tant de fois rappelé par les partisans de la tolérance ; c'est encore une arme qu'on peut retourner contre eux.

Je conclus cette partie de ma thèse en disant : Toute doctrine pernicieuse est une conspiration contre l'ordre. Si vous l'arrêtez à l'origine, vous ne frappez plus ou moins sévèrement que quelques individus ; c'est l'exercice ordinaire de la justice. Si vous la laissez s'organiser, se développer, c'est la guerre. Eh ! bien, il vaut mieux prévenir la guerre qu'avoir à la soutenir. Or c'est précisément l'effet de la doctrine catholique sur le point en question

XIII

Jusqu'à présent, j'ai exposé l'enseignement de l'Eglise sur la tolérance dans le sens absolu ; j'ai dit ce que devait être la société dans son état normal ; mais il ne suit nullement des principes que j'ai exposés que la tolérance de fait ne soit pas permise en certains temps et en certains lieux, et ce que je vais dire sur ce sujet, doit faire tomber toutes les déclamations sur le fanatisme et l'imprudence de l'Eglise.

Dans un certain nombre d'Etats, une grande partie des sujets professent des religions fausses. Etablies depuis un temps plus ou moins long, celles-ci sont en possession de la liberté. Malgré ce que les erreurs qu'elles prêchent peuvent avoir de pernicieux, comme elles se rattachent en général aux doctrines révélées sur des points plus ou moins nombreux, les enseignements de la morale divine ne sont pas tous perdus pour elles, et ce qu'elles en ont conservé aide au maintien de la société. De plus, le temps a rendu beaucoup moins hostiles les rapports entre leurs partisans et les membres de l'Eglise catholique. Eh ! bien, dans un tel état de choses la liberté des cultes peut et même doit être admise ; car elle est un bien relatif. En effet, la proscription de cette liberté serait d'abord chose impossible chez les gouvernements non-catholiques ; chez ceux-ci, la liberté des cultes est toute en faveur de l'Eglise, qui ne saurait avoir rien de mieux à faire que d'en profiter. Dans les gouvernements où la foi domine et où cependant des sectes hétérodoxes ont des partisans plus ou moins nombreux, la répression serait nécessairement odieuse ; elle violerait des droits civils acquis depuis longtemps ; elle amènerait les plus grands troubles, et certainement elle ne ferait qu'augmenter l'opposition des dissidents à l'Eglise ; elle changerait en une haine violente, des dispositions qui n'ont point un caractère d'hostilité prononcée ; elle retarderait ou empêcherait des conversions que la paix permet d'opérer.

D'ailleurs, ce serait un appel à la persécution contre les catholiques dans les pays où ceux-ci sont les plus faibles. Puisqu'il en est ainsi, il ne saurait s'agir de faire cesser la liberté des cultes là où elle est établie. Sans doute elle est nuisible au salut des âmes ; mais enfin, vu l'état actuel de certaines sociétés, la tentative de mettre en action le principe contraire serait un plus grand mal. Donc, il n'a pas à être appliqué.

Voici comment se résume notre doctrine sur ce point : considérée du point de vue absolu, la liberté des cultes est un mal, parcequ'elle favorise l'erreur et cause la perte des âmes ; elle doit être condamnée si elle est posée comme un principe abstrait, réclamée comme un droit naturel à l'homme. Aujourd'hui comme autrefois, il serait à désirer que la société ne reconnût que la seule religion véritable. Mais comme l'état des esprits ne permet pas qu'on touche à la liberté des cultes en certains pays, sans détriment pour la société et pour l'Eglise elle-même, il est permis de la tolérer, de la défendre et d'en jurer l'observation dans les constitutions qui en font une loi fondamentale, et cela en vertu du principe que la tolérance d'un ordre de choses où le mal est à craindre sous un rapport, est permise, si elle est un bien plus grand, considérée sous un point de vue différent.

Or, savez-vous qui autorise à présenter cette explication des doctrines de l'Encyclique ? C'est l'auteur de l'Encyclique lui-même. Y a-t-il un interprète plus compétent de la loi que le législateur ? Eh ! bien, Pie IX a écrit à l'éloquent Evêque d'Orléans pour lui déclarer qu'il avait donné au document pontifical son véritable sens. Or, tout le monde sait que Mgr. Dupanloup a précisément donné l'explication que je viens d'offrir.

XIV.

Il est un homme dont le nom est cher aux catholiques, car il est leur modèle par la vivacité de sa foi et l'ardeur de son zèle, et leur gloire par l'admirable talent qu'il a mis au secours de l'église, je veux dire, M. de Montalembert. Les partisans de la tolérance absolue lui font l'injure de le compter parmi ceux qui sont opposés aux doctrines catholiques sur ce point. Eh ! bien, M. de Montalembert a dit en termes formels, dans son livre « des intérêts catholiques au 19e siècle, » : « Si on pouvait supprimer la liberté de l'erreur et du mal, ce serait un devoir. Mais l'expérience prouve que dans notre société moderne, on n'en peut venir à bout sans étouffer également la liberté du bien. La liberté de conscience tourne aujourd'hui au profit de la religion. Sans doute il serait insensé de la proclamer dans les pays où elle n'existe pas ; mais là où ce principe existe, où il a été une fois inscrit dans les lois, gardez vous de l'effacer, car il y devient la sauvegarde de la loi et le boulevard de l'église. »

On a reproché à l'éloquent défenseur des droits de l'Eglise, dont je viens de citer les paroles, d'avoir exagéré la nécessité de la tolérance, comme besoin de l'époque. Quoiqu'il en soit, il a déclaré à plusieurs reprises qu'il n'a jamais entendu faire de la tolérance un principe absolu, et à la fin de son célèbre discours à Mali-

nes, il a dit que pour remplir son devoir de catholique, il soumettait toutes ses expressions et toutes ses opinions à l'autorité infaillible de l'Eglise. Puissent ceux qui s'appuient de son autorité en faveur de la tolérance exprimer aussi franchement et aussi nettement leur foi de catholiques !

On cite un ou deux Evêques dont les paroles ne semblent point d'accord avec la doctrine proclamée par l'Encyclique. On pourrait répondre qu'ils ont fait ce qu'on appelle un argument « ad hominem. » Dans le but de réclamer la liberté pour l'Eglise qu'ils voyaient opprimée, ils ont pris pour base de leurs réclamations les principes admis par ceux auxquels ils s'adressaient, comme faisant partie du droit public reconnu. Si l'on n'admet pas cette explication, cela m'importe peu ; car je dirai tout simplement : ces Evêques se sont trompés. C'est avant l'Encyclique récente qu'ils ont écrit : et quoique la doctrine de l'Eglise n'ait jamais varié sur ce point, pas plus que sur les autres ; elle a été cependant affirmée plus explicitement que jamais par le Souverain Pontife actuel dans le document que je viens de rappeler.

Il est du dernier ridicule de vouloir opposer les opinions de quelques Evêques à une déclaration doctrinale du Chef de l'Eglise, à laquelle a adhéré tout le corps de l'Episcopat. J'ajoute ces derniers mots, pour ceux, s'il s'en trouve encore parmi les catholiques, qui ne seraient pas sortis de l'ornière du Gallicanisme.

Quant à ceux qui croient que l'enseignement de l'Encyclique peut être préjudiciable dans notre pays, je les engage à se rassurer ; je n'ai nul doute que si l'on demandait au Pape si nous pouvons servir un gouvernement qui tolère toutes les religions et dont les lois ne sont pas toutes empreintes de l'esprit catholique, le Saint-Père répondrait : Sans doute, mes enfants, je regrette qu'il n'y ait pas dans votre pays qu'un seul troupeau dont je fusse l'unique pasteur ; l'état de votre société n'est pas celui qui correspond au plan de la Providence ; mais remerciez le Ciel de la liberté qu'il vous a donnée ; chérissez-la comme la gardienne de votre religion. Sans jamais prendre une part directe à aucun acte contraire aux principes de votre foi, servez votre gouvernement dans toutes les charges qu'il vous conflera ; respectez les droits de tous ; vivez dans la paix et la charité avec vos compatriotes de quelque religion qu'ils soient, et tâchez surtout, par votre concorde et votre union, de vous conserver dans cette position qui maintienne chez vous la foi dans une vigueur et une liberté que je ne lui vois guère, au même degré, chez les autres peuples qui sont de mon domaine spirituel.

XV.

J'ai traité de la tolérance en la considérant comme un principe absolu ; j'ai fait voir comment elle devait ou ne devait pas être mise en pratique selon les divers états de la société. Il reste encore un point de vue important de la question qu'il ne faut pas négliger ; c'est la tolérance envers les individus.

Les Catholiques doivent-ils être dans un état habituel d'hostilité à l'égard de ceux qui ne partagent pas leur foi, ou doivent-ils les traiter avec une grande bienveillance, et leur est-il permis d'avoir des rapports intimes avec eux ? La question est toute pratique, et elle ne sera pas regardée comme manquant d'actualité.

Pour faire justice des calomnies dont l'Eglise, sous le nom de sacerdotalisme ou de parti clérical, a été l'objet sur ce point, il faut encore faire une distinction essentielle.

S'agit-il des prédicants de l'erreur, d'ennemis de l'Eglise déclarés ou hypocritement déguisés, qui attaquent ses enseignements, ses institutions, son chef, son sacerdoce, qui, en un mot, sont animés d'un esprit d'hostilité marqué à son égard ? Eh ! bien, la conduite à tenir avec ces hommes Jésus-Christ et les Apôtres nous l'ont apprise. Quelles paroles pleines des plus durs reproches, des qualifications les plus humiliantes, le *Sauveur* n'a-t-il pas adressées aux Scribes et aux Pharisiens qui s'opposaient à son enseignement ? N'a-t-il pas fait un devoir de regarder celui qui n'écoute pas l'Eglise comme un payen et un publicain ?

St. Paul dit aux Thessaloniciens : Si qu'elqu'un n'a point d'egard à ce que je vous écris, notez-le, et n'ayez point de commerce avec lui, afin qu'il rougisse de sa conduite. [2 Thess 3. 14]

Il recommande aux Romains de se séparer de ceux qui excitent des disputes et des scandales contre la doctrine qu'ils ont apprise. [Rom. 16. 17.]

St. Jean, l'Apôtre de la charité, dit en termes formels : Si quelqu'un vient à vous avec une autre doctrine que celle-ci, ne le recevez pas chez vous, ne le saluez même pas, car le saluer, c'est prendre part à sa malice [2 Ep : 10. 11.]

L'Eglise, animée de l'esprit du Christ et de ses Apôtres, a porté souvent la punition terrible de l'excommunication par laquelle elle retranche de sa société ceux qui contredisent ses enseignements ou qui scandalisent les fidèles.

L'excommunication, c'est l'*Index* porté contre les personnes ; elle se justifie par les mêmes principes que la prohibition des mauvais livres. Ainsi on doit traiter avec l'indignation et la sévérité qu'ils méritent les ennemis acharnés de l'Eglise catholique qui cherchent à enlever aux fidèles la foi à ses dogmes, ou à faire perdre le respect et la confiance qui lui sont dus. Rappelez-vous ce trait de St. Polycarpe : L'hérésiarque Marcion se présente à lui et lui dit : Me connaissez-vous ? Il répond : Je reconnais en toi le premier-né du diable.

Il faut faire comprendre à ceux qui attaquent ce qu'on a de plus cher au monde, que l'on sent l'injure que l'on reçoit d'eux. La justice et la politesse sociale ne doivent pas sans doute leur être refusées ; mais avoir avec eux des rapports d'intimité, leur donner des témoignages particuliers de considéra-tion ; ce n'est pas être animé du sen-timent que j'appellerais l'honneur ca-tholique ; j'excepte les cas où l'on espèrerait une conversion.

Voilà quant à ceux qui sont les en-nemis acharnés de l'Eglise ; mais une conduite tout-à-fait différente est à te-nir envers ceux, qui sans être animés de cette hostilité déclarée, ne parta-gent pas notre foi.

A l'égard de ceux ci, il faut toute la charité, la douceur la mansuétude recommandées par l'Evangile, les Pè-res et tous les Saints de l'Église. Mais je dois le dire, je repousse comme une calomnie, tout reproche fait aux aux catholiques en général demanquer à cette tolérance, qui est vraiment en ce cas la charité. Et j'ajouterai avec énergie : Nous, catholiques canadiens, prêtres et laïques, nous n'avons ja-mais manqué, dans nos relations pri-vées ou publiques, de la plus rigou-reuse justice, de la plus grande bienveillance, envers ceux qui, étran gers à nous par la religion et l'origine, sont cependant nos frères, nos conci-toyens, puisqu'ils habitent la même patrie, vivent sous les mêmes lois, et doivent travailler de concert avec nous à la prospérité du pays. Sous ce rapport, notre tolérance est une gloire pour nous, que nous devons défendre contre ceux qui veulent nous la ra-vir.

XVI.

Cette tolérance doit-elle s'appliquer aussi aux associations qui peuvent être formées entre les catholiques et ceux qui ne le sont pas ? J'aborde har-diment la question.

Dans un pays comme le nôtre, où deux sociétés différentes d'origine, de langue, de religion sont mêlées, on conçoit qu'à raison d'intérêts com-muns, certaines associations peuvent se former entre les membres de ces sociétés dans un but de commerce, d'exploitation industrielle, d'économie politique, de recherches scientifiques.

Mais figurez-vous une association ayant pour fin le développement in-tellectuel par des études philoso-phiques, sociales, historiques, littérai-res ; si l'on veut traiter une question tant soit peu importante, il faut né-cessairement toucher à une des 80 propositions condamnées par l'Ency-clique ; elles embrassent tout ce qui fait l'objet des plus ardentes discus-sions de notre siècle. Vous trouverez la religion se présentant à toutes les investigations de la science dans l'ordre métaphysique, moral et social, et venant poser là un de ces dogmes en disant : prenez garde d'y porter at-teinte.

Direz-vous : il y aura entente pour ne pas toucher aux questions religieu-ses. Ah ! c'est que vous ne savez pas jusqu'où vont les attributions de la foi dans le domaine intellectuel. Si vous voulez vous mettre tout-à-fait en de-hors de sa sphère, alors vous renfer-mez l'activité de votre esprit dans un cercle d'une bien étroite circonférence. Votre association n'aura pour effet que de l'abaisser au lieu de l'élever et de le développer. Il faut le dire, le répéter sans cesse : la foi a le contrôle à exercer sur la philosophie, la scien-ce sociale, l'histoire, la littérature, sur tous les ordres des connaissances hu-maines, du moins quant aux principes qui les régissent. Nier cette doctrine c'est faire preuve d'une faiblesse intel-lectuelle, incapable de comprendre l'unité du plan divin dans les lois im-posées à l'esprit humain.

Je sais que la maxime opposée est proclamée par nos adversaires, mais je sais aussi que c'est à elle qu'est dûe la Révolution avec tous ses désor-dres, qui sont la honte de l'humanité. Combattons la, nous, amis de la rai-son et de l'ordre, avec persévérance et avec énergie et nous nous applau-dirons de notre triomphe.

Eh ! bien, c'est parceque la foi doit faire sentir son influence partout, que l'Eglise n'aime pas les associations dont on lui ferme la porte, et où l'on fraternise avec ceux qui ne reconnais-sent pas son autorité. Elle craint ces rapports dans l'ordre intellectuel comme pouvant soustraire des fidèles à son empire. Tout homme est pour les autres un foyer de lumières ou d'erreur, de grâce qui porte au bien, ou de séduction qui entraine au mal. Soyez en rapport avec un esprit opposé à votre foi ; avant longtemps d'une manière plus ou moins directe, vous aurez à discuter une question qui touche à la religion. Alors il faudra rompre ou abdiquer lâchement vos convictions catholiques. Je conclus : Aimez-vous la vérité ? ne vous associez qu'à ceux qui y croient et qui l'aiment comme vous ; autrement votre expérience, comme celle de tant d'autres, confirmera la vérité du texte sacré : « Qui aime le danger finit par y périr.

XVII.

Je dois maintenant présenter une observation qui appelle la réflexion la plus sérieuse. En admettant toutes les exceptions individuelles que l'on voudra, j'énonce comme l'expression d'un fait général que les partisans de la tolérance sont les plus intolérants des hommes. Partout où il ont triomphé, ils ont été atrocement persécuteurs. Ils ne demandent pour eux la liberté qu'afin de l'interdire aux autres.

Voyez Luther. Il secoue le joug de l'Eglise comme une tyrannie : il se fait l'apôtre de la liberté d'examen et de parole en matière de religion. Et bientôt sur tous les points de l'Europe où ses sectateurs dominent, le sang des catholiques coule.

L'Angleterre déclamait contre le despotisme de Rome : elle vantait son libéralisme ; mais elle défendait en même temps la pratique du culte catholique sous peine de mort.

Entendez au dernier siècle les déclamations de Voltaire, de Rousseau, de Diderot en faveur de la tolérance : l'un de ceux que je viens de nommer appelait le temps où le dernier des prêtres serait étranglé avec les boyaux du dernier des rois. Ce temps est bientôt venu aux ordres de la tolé-

rance philosophique. Celle ci, libre d'agir, s'est mise à l'œuvre, et sur l'échafaud en permanence, la hache du bourreau a abattu les têtes des rois, des nobles, des prêtres, des hommes religieux et honnêtes ; puis, ces hommes qui portaient sur leur drapeau— « liberté, tolérance » après qu'ils ont eu mis à mort des milliers de ceux qu'ils appelaient leurs ennemis, ils se sont égorgés les uns les autres. La Révolution, fille de la tolérance, a souillé la terre des plus grandes horreurs qu'ait vues le soleil.

Voyons l'Italie : Cavour, empruntant une parole célèbre dont il falsifie le sens, dit: l'Eglise libre dans l'Etat libre ; et les Evêques, et les prêtres sont mis en prison, les religieux et les religieuses chassés de leurs monastères, les biens de l'Eglise confisqués, et quiconque ose émettre des opinions contraires à ceux qui ont proclamé la tolérance est désigné aux poignards des assassins.

Cette comédie tragique de la tolérance, l'Espagne vient de la renouveler.

Messieurs, si jamais les adversaires des doctrines catholiques dominent dans notre pays,ils feront comme leurs pères de 93 et leurs frères que nous voyons agir. Assurément les partisans de la tolérance protesteront contre cette accusation ; je leur repondrai : je ne vous fais pas l'injure, à vous personnellement, de croire que vous en viendriez à ces violences ; les principes et la charité catholique vous dominent à votre insu ; mais excitez le mépris et l'indignation contre l'Eglise ; élevez la génération qui va suivre dans l'aversion pour le prêtre et l'histoire dira le fruit de vos doctrines ; la haine anti-sacerdotale ne se satisfait que dans l'effusion du sang.

XVIII.

Savez-vous la raison de tout cela ? Je la dirai devant un auditoire catholique, qui a cette intelligence des choses que donne la foi. C'est dans l'ordre surnaturel qu'il faut chercher la raison des phénomènes moraux qui s'accomplissent dans la société.

La tolérance, c'est-à-dire la liberté d'agir sans contrôle, a été prêchée pour la première fois au paradis terrestre. Elle s'est exprimée alors en ces termes : Vous serez comme des dieux sachant le bien et le mal ; vous n'aurez point de répression à craindre, vous ne mourrez point, « nequaquam moriemini ; » ainsi, vous direz, vous ferez ce que vous voudrez.

Eh ! bien, la prédication de la tolérance, dans le sens absolu, n'est qu'une répétition de cette parole, si tristement célèbre pour nous, répétition suggérée, sans qu'on s'en doute, par celui l'a dite la première fois.

Et le but de cette inspiration satanique dont on retrouve l'expression à toutes les époques de l'humanité, mais aujourd'hui plus explicitement que jamais, c'est la négation de Dieu. Voulez-vous connaître le terme de la tolérance de toutes les idées, de l'affranchissement de toute autorité religieuse, de la lecture de tous les livres et les journaux qu'on ne permet pas à « l'Index » de proscrire ? écoutez ces paroles prononcées à Paris le 15 Janvier dernier, dans une de ces réunions des hommes du peuple, tenue à la salle du Vieux-Chène : « Guerre aux Dieux partout où nous les retrouverons, au ciel et sur la terre. » Et un autre membre de cette assemblée, une de ces filles d'Eve qui réclament aujourd'hui tous les droits, a ajouté : « Nous sommes des Dieux et nous n'en voulons pas d'autres que nous. »

Il faut dire que tous ceux qui déclarent ainsi la guerre à Dieu, la déclarent aux Jésuites, aux prêtres, aux hommes religieux, contre lesquels des cris furieux ont été proférés dans ces mêmes réunions.

Cela se conçoit : le parti de la tolérance doit vouloir détruire le prêtre, sinon dans sa personne, du moins dans son influence ; car le prêtre, il rappelle Dieu qui établit la loi mettant un frein aux passions.

Or, la tolérance, c'est la liberté de parler, d'écrire, de faire ce qu'on voudra. C'est la science pratique du bien et du mal ; c'est la main portée sur tous les fruits défendus.

L'Apôtre St. Paul nous a dit : Ne vous faites pas illusion, les mauvaises paroles corrompent les bonnes mœurs: « Nolite seduci ; corrompunt mores bonos colloquia mala [1. Cor. 15] »

La liberté des mauvaises doctrines ; c'est la licence donnée à toutes les convoitises. C'est, il faut le dire, c'est la liberté des bêtes des champs, la vie purement animale dans la société. Ainsi, l'abrutissement, voilà le terme inévitable de la tolérance de toutes les doctrines. Et j'ajouterai que l'histoire, et l'histoire contemporaine surtout, ne dément pas cette assertion. Partout où l'irreligion triomphe, il y a dégradation de l'esprit et du cœur ; l'intelligence s'obscurcit ; elle ne sait plus saisir la vérité ; elle se nourrit d'absurdités dont l'expression est une triste révélation de l'abaissement des facultés intellectuelles ; chez ces hommes dont la foi n'élève et ne dirige plus la pensée, la raison s'en va : on ne trouve plus de force logique, d'intelligence capable de comprendre une théorie élevée, et les idées qu'ils émettent forcent pour les qualifier justement, d'employer un mot trivial, mais qui se trouve ici à sa place et qui exprime ce que je veux dire, ces idées sont des bêtises.

Et quel affaiblissement de mœurs, quelle dégradation du cœur se trouve chez cette partie de la société qui a secoué le joug de la religion, sans lequel il n'y a pas de morale !

Ici, je ne ferai que traduire le texte sacré : « Homo cum in honore esset, non intellexit ; comparatus est jumentis insipientibus et factus est similis. Ps. 48.

« L'homme appelé à l'honneur de la « filiation divine que la foi doit lui « donner, perd l'intelligence, et il devient semblable aux animaux privés « de raison. »

Voyez comme tout se lie et s'enchaîne dans la théorie du mal, comme dans celle du bien. Savez-vous quelle est aujourd'hui, sur l'origine du genre humain, la doctrine de ces hommes qui sont du nombre de ceux dont parle le Psalmiste ? c'est que l'homme vient du singe, et n'est qu'un animal perfectionné.

Lisez la brochure de Mgr. Dupanloup intitulée : « les alarmes de l'épiscopat, » et vous y verrez diverses citations indiquant que cette monstruosité est adoptée assez généralement par ceux qui ne croient pas à la révélation Dans une thèse soutenue le 30 Décembre 1867 devant la faculté de médecine de Paris, il est dit textuellement que les temps sont déjà venus peut-être, où cette manière d'être qu'on appelle la vertu ne sera plus que de la RÉACTION.

Rien de plus logique ! l'homme vient de la bête, il doit vivre comme la bête. La liberté des brutes, c'est la conséquence voulue par ceux qui se prétendent issus des brutes.

La religion a un principe amenant une autre conséquence. Elle dit : l'homme vient de Dieu, il doit ressembler à Dieu par la sainteté de sa vie, pour mériter de retourner à Dieu.

XIX

Messieurs, la lutte intellectuelle, qui se fait aujourd'hui dans le monde, est entre ces deux ordres d'idées et doit avoir pour résultat d'abêtir l'homme ou de le diviniser.

Nous l'avons vu ; les partisans de la doctrine que nous combattons travaillent bon gré, mal gré, à l'abrutissement de ceux auxquels ils s'adressent. Eh ! bien, nous qui voulons que l'homme atteigne la fin sublime pour laquelle il a été créé, nous devons nous faire un devoir de les combattre de tout notre pouvoir. Ne les redoutons pas. S'ils parlent par ignorance, par un manque de rectitude d'esprit, ils sont plus à plaindre qu'à craindre. Toutefois redressons leurs erreurs pour leur avantage et celui des autres, S'ils agissent sachant ce qu'ils font, opposons à leur témérité une répulsion énergique. Ils n'ont pour soutenir leur audace qu'une impuissante

déclamation. La raison, la vérité, la science, c'est à nous. Aussi répétant la parole célèbre de M. de Montalembert je vous dirai : Fils des croisés, ne reculez pas devant les fils de Voltaire ; soyez fermes dans vos principes, affirmez les hardiment et vous verrez bientôt trembler devant vous les insulteurs de vos croyances catholiques.

Préservons de leurs doctrines si pernicieuses notre société canadienne, si belle dans ses origines et ses développements. Sa gloire propre et distinctive, ce n'est pas celle du commerce. de l'industrie, de l'art militaire, quoique celle-ci ne lui soit pas étrangère. La gloire de notre patrie, c'est l'héroïsme de ses colons, les saints et les saintes de ses premiers temps, le caractère religieux et moral de ses habitants, ses magnifiques institutions d'éducation et de charité, son dévouement à toute noble cause, ses zouaves, qui avant même d'avoir combattu ont donné à son nom un si honorable retentissement.

Sa gloire, elle la doit à la religion. Otez le catholicisme du Canada : il n'y a plus rien qui le distingue ; ce n'est plus qu'une colonie plus ou moins importante, mais enfin qui n'a rien qui lui donne un caractère national. Nous ne sommes un peuple spécial que par l'empreinte du catholicisme si fortement gravée dans notre histoire, nos institutions, notre littérature, nos mœurs. C'est ce que la religion a fait parmi nous et la fait de nous, qui attire l'admiration des étrangers qui nous visitent. Conservons cette gloire, en maintenant la pureté de notre foi et par conséquent en repoussant avec énergie tout ce qui peut y porter atteinte.

XX

Messieurs, laissez-moi exprimer, en finissant, une idée qui a sans doute occupé vos esprits, mais que je suis heureux de manifester dans ce moment.

Je jette les yeux sur les pays qui

portent aujourd'hui le nom de catl.o-liques sur la terre européenne. J'y vois sans doute la foi glorieuse encore dans ces contrées, par l'empire qu'elle exerce sur une grande partie des populations. Toutefois dans chacune d'elles j'ai à déplorer les ravages de l'incrédulité dans les esprits et dans les cœurs; l'Eglis est blessée dans ses droits les plus chers; de hideux blasphèmes y font frémir les oreilles chrétiennes, et de nombreuses traces de cette dégradation intellectuelle et morale, qui est l'effet des doctrine irréligieuses, y affligent les regards; et si deux héroïques nations: la noble Erin et la patrie de Sobiesky, ont la gloire d'une foi ferme jusqu'au martyre, elles ont eu à subir les suites de la persécution, funestes sous plusieurs rapports.

Je porte en suite mon attention sur les pays catholiques du Nouveau-Monde, sur l'Amérique Espagnole; si la foi y domine les esprits, je ne sais si l'on pourrait dire qu'elle y exerce un empire moral qui rende sans tache la gloire de sa population.

Mais il est un pays au monde, où la foi s'est conservée dans toute sa vigueur, où elle anime toutes les classes de la société; où les institutions dues à son esprit prennent chaque jour un plus large développement: où les mœurs de tout le peuple sont en harmonie avec ses croyances: où le nom du Sauveur des hommes n'a point reçu de blasphèmes publics; où la force de l'opinion catholique met un frein à ceux qui seraient portés à une attaque directe et avouée contre la foi générale. Oui, il est un peuple au monde qui présente ce spectacle, et ce peuple, c'est nous. Oh! c'est une gloire dont nous devons être heureux, elle est grande devant Dieu et devant les hommes. Qui de nous n'est prêt en ce moment, à jurer de la conserver par tous les efforts possibles ?

Je suis de ceux qui croient à une réaction plus ou moins générale de la société en faveur de la foi, qui a fait sule la civilisation du monde. J'espère le règne de la croix sur les nations; je l'attends d'une intervention extraordinaire de la Providence, dont les signes me semblent éclater partout.

Portant mes regards sur un avenir qui ne me parait pas lointain, je vois les divers peuples, ramenés à l'unité catholique, venir rendre à l'Eglise l'hommage de leur soumission; mais aux chants d'allégresse de leur retour ils mêlent les larmes du repentir pour leurs égarements passés. Et nous pleins d'une joie dont rien n'altère la pureté, nous disons glorieusement avec S. Paul: « Bonum certamen certavi, fidem servavi » [2 Tim. 2. 7.] Nous avons combattu le bon combat, et victorieux, nous avons conservé la foi dans ses dogmes et sa morale. Et comme le même Apôtre nous sollicitons la récompense, qui sera pour nous l'augmentation de la gloire et du bonheur que la religion à donné à notre patrie.

Est-ce un rêve ?........ Non les sentiments religieux qui dominent dans notre société, et dont nos compatriotes les plus distingués se font gloire de faire profession; la vivacité de la foi et l'ardeur du zèle de la jeunesse catholique de notre pays, dont ici et ailleurs, on voit une expression digne de toute louange; le talent et le dévouement que presque tous les journaux mettent au service de l'Eglise quand les circonstances le requièrent; et qu'on me permette d'ajouter, les applaudissements donnés, non à mes humbles paroles, mais aux doctrines que j'ai soutenues; tout cela me fait croire que la douce espérauce, dont je viens d'offrir l'expression, sera, pour une génération plus ou moius prochaine, une glorieuse réalité.

Die vorliegende Arbeit beschäftigt sich mit Erdbeben, die durch Staudämme und Hydraulic Fracturing ausgelöst werden. Es ist bekannt, dass menschliche Aktivitäten Erdbeben auslösen können. Die Nutzung von natürlichen Ressourcen geht auch mit einer Beanspruchung der Lithosphäre einher. (...)

Dokument Nr. V975794
https://www.grin.com
ISBN 9783346326324

9 783346 326324